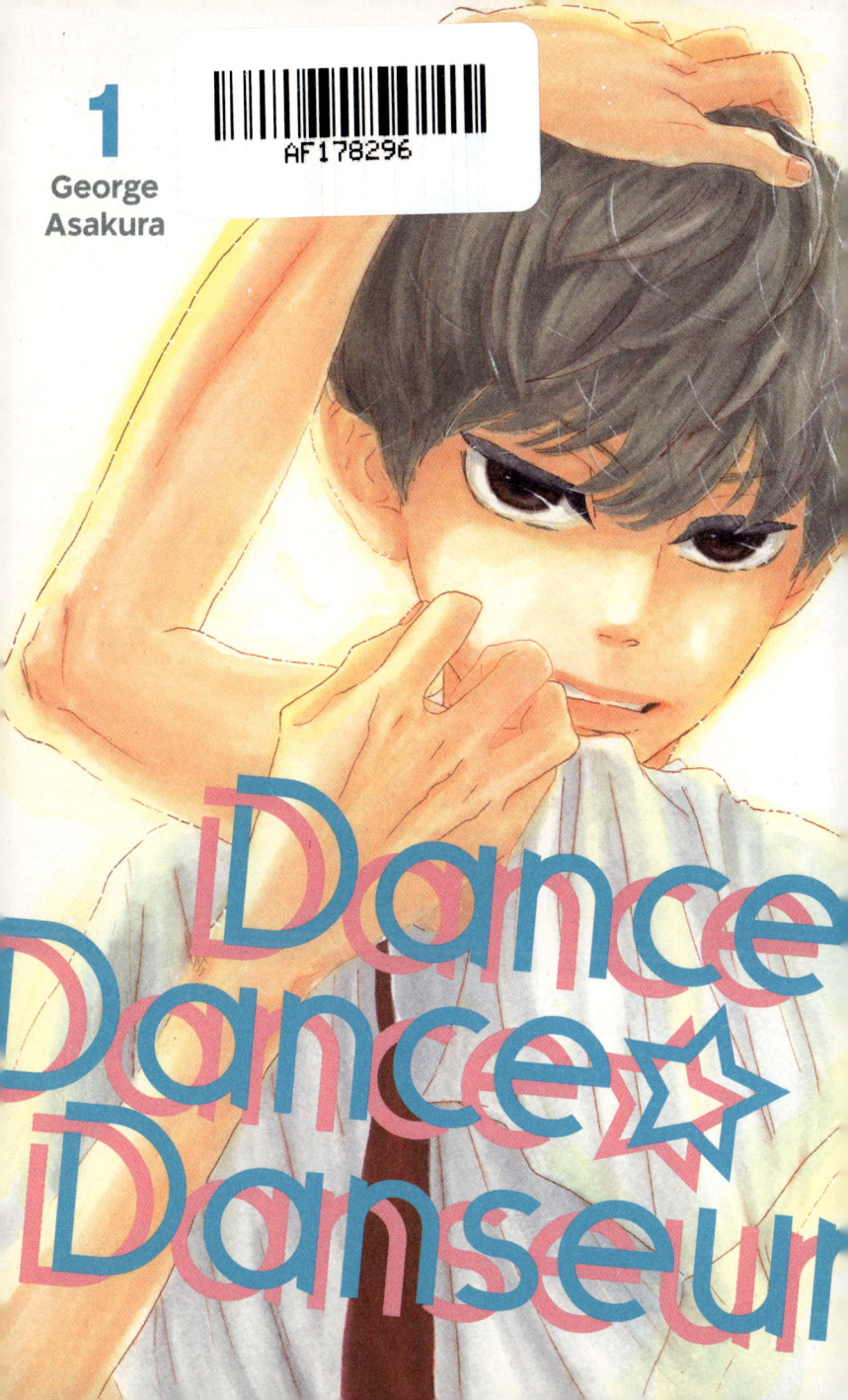

1

George
Asakura

AF178296

Dance
Dance☆
Danseur

INHALT

Dance
Dance☆Danseur

Hm?

Welche davon ist Nanako?

64. Suginami
Tanzfestival

Teilnehmende Tanzschulen

Hä?

Dann hat sich die Aufstellung geändert.

zzz

Die Zweite von rechts ...

Da drüben!

Klatsch

ハーチ

klatsch

klatsch

ハーチ

klatsch

ハーチ

klat

zzz

Die anderen Auftritte willst du nicht sehen, oder?

klatsch

ハーチ

klatsch

ハーチ

Jetzt ist es vorbei ...

Dann gehen wir.

Junpei, wach auf.

Och nö ...

klatsch

ハーチ

klatsch

Der Gasttänzer, der als Nächstes auftritt, soll beeindruckend sein. Kommen Sie danach mit zur Künstlergarderobe?

... Nanako-chans* Mama, nicht wahr?

Sie sind ...

*verniedlichende Anrede für gute Freunde und kleine Kinder

Klatsch Oooooooh

Es folgt ...

... ein Gast-auf-tritt.

Oh ...?

Aaaaah

klatsch

klatsch

klatsch

??

klatsch

?!

Wow!

Groß-artig!

klatsch

klatsch

klatsch

Aaaah

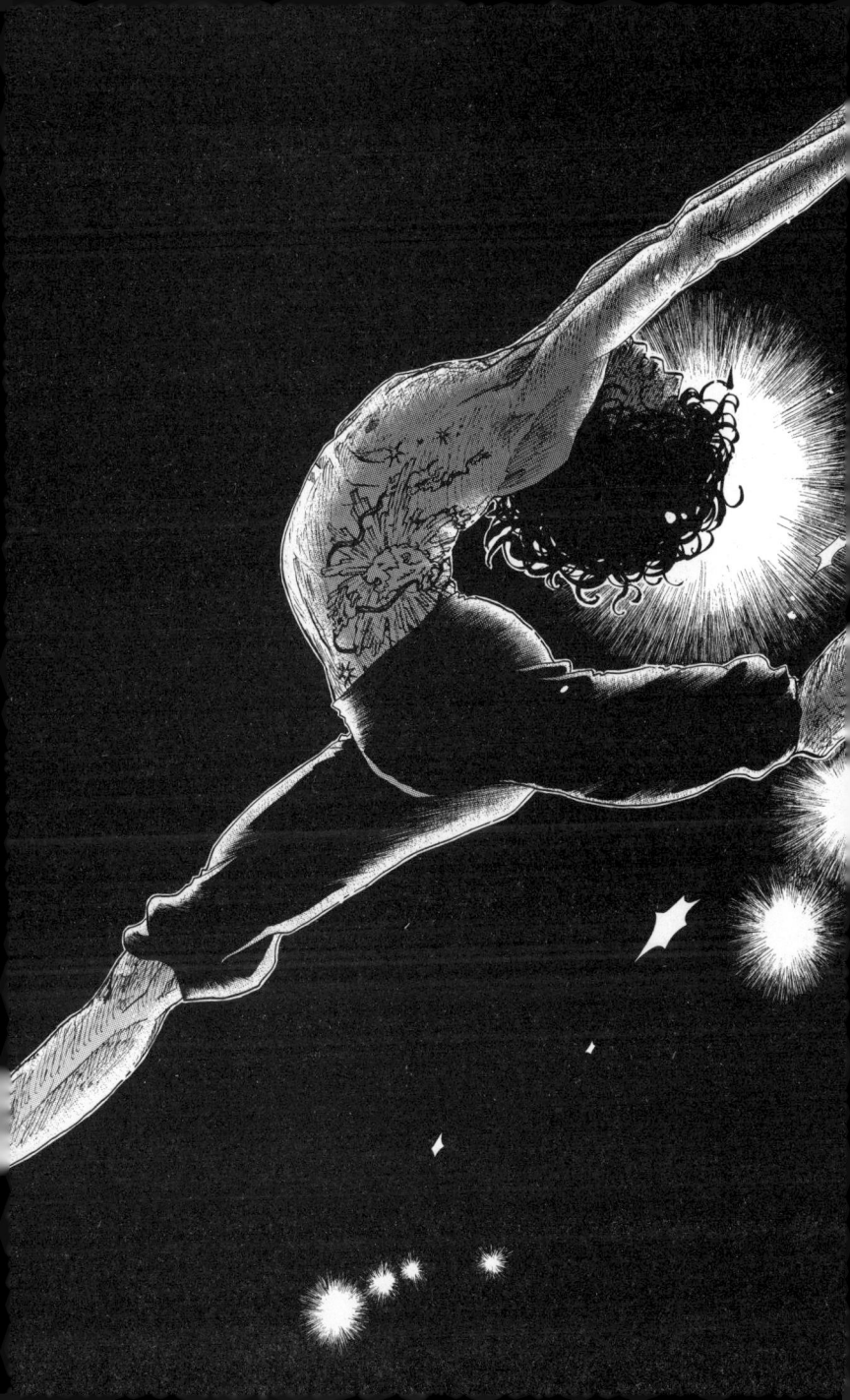

MÄNNERHÖHLE

Genau, Junpei!

Du weißt doch, wie wir in meinem Zimmer oft Bruce Lee spielen!

Das macht dir doch immer Spaß, nicht wahr?

Klar!

Ja!

Ein Freund von mir betreibt ein Dojo* ...

Wie würd's dir gefallen, das zu lernen?

Seinen Kampfkunststil nennt man Jeet Kune Do.

Mioka-kun**

Haaa

Überlasst das Klavierspielen und Ballett Nanako!

Ich werde Junpei nicht ständig in das Dojo in Meguro fahren können ...

Du meinst Mioka?

Ha ha!

Berufstätige Mutter

*Trainingshalle für Kampfsportarten **Anrede für Jungen und jüngere Männer

SWUPP

Tapp Tapp Tapp

Ach ...

Das könnte ich doch machen ...

Strahl

Fschhh

Takarayama Ballett-studio

Wie schön ...

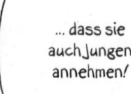

... dass sie auch Jungen annehmen!

Hmm ...

Hä?

Vielleicht wollte er lieber etwas anderes machen?

Wieso das denn?

Hat der Junge aufgehört?

...

Sie hat auch erzählt, dass sie schon mal einen Jungen unterrichtet hat!

Hey!

Da ist ja Junpei!

Kann ich mir gar nicht vorstellen!

...

Ha ha ha!

Bwa ha ha!

Was machst'n du hier?

Ach, Hyo-chan* und die Jungs. Kommt ihr vom Fußball-spielen?

Ein Kerl in Strumpf-hose!

Das ist ja ein Ballett-studio!

Was?

*verniedlichende Anrede für gute Freunde und kleine Kinder

24

26

... musst du auf deine Schwester und deine Mutter ...

... auf-passen.

In Zukunft ...

Patt

Du bist jetzt der Mann im Haus ...

Fschhhh

Murao

Sst

Hä?!

...

... ein Ballett-
sprung,
oder?

Das
war ...

Ein
540*.

*Die offizielle Bezeichnung ist »Cabriole revoltade«. Eine eindrucksvolle
Sprungtechnik männlicher Tänzer mit einer 540-Grad-Drehung.

...

W...

Ah!

Mama!

Luo-kun?

Seufz

...

Hm?

Wer ist das?

Aber ...

... Mann ...

Der Name kommt mir bekannt vor ...

Das ist Junpei Murao aus meiner Klasse!

Die Alte ist irgendwie ätzend.

Er meinte, er will Ballett lernen!

Juchhu!

Außerdem ...

... mit einem talentierten Jungen bestimmt herausstechen.

... unter all den teilnehmenden Schulen ...

Überleg mal ...

Beim Festival des Tanzverbands im Herbst würden wir ...

Das ist doch ein Paartanz von Mann und Frau ...!!!

Sie will mit mir tanzen ...?

Flashback

Erröt

... ein Pas de deux tanzen!

... würde ich gerne ...

Pa...?!

Die steht total auf mich!!!

Ganz klar ...

Naturtalent? Red doch keinen Unsinn.

Bitte?!

Zu alt, um noch mit Ballett anzufangen.

Junpei-kun ...

Wie alt bist du? 13? 14?

Mit spätestens zehn Jahren muss man die Ausbildung beginnen ...

Ansonsten versandet jegliches Talent.

...!!

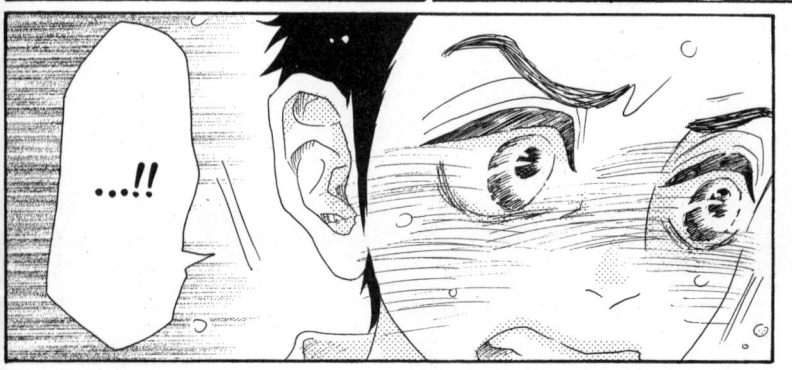

Tapp

Tapp

Murao!

Ah!

Stürm

Scheiße.

Ich muss ...

... los ...

Klimper

...

PLing

...

klack

Na ja.

Hast du das nicht auch gespürt, Mama?

Wie soll ich sagen ...?

Wie ein Wirbel- wind ...

Warten wir ab, ob er morgen von selbst kommt.

Ansonsten ist das Thema abgehakt.

Dann schnappt ihn uns eine andere Ballettschu- le weg.

Ha!

Den Rotzlöf- fel?

22 - 2 Uhr Ausschüt- tung von Wachstums- hormonen (im Schlaf)

Was?!

Ab ins Bett!

So produzierst du keine Wachstums- hormone.

Na los.

Was ...?

80

Fschhh

KLimper

★ 3. Akt

Ding Dong

Dang Dong

Alle mal herhören!

Och nööö.

Also bleibt noch hier.

Wir üben heute im Musikzimmer für den Chorwettbewerb.

...

Oh.

Hä?

Wo ist denn Murao?!

Huch ...?

Ah!

Streck die Brust nicht so heraus.

Bist du sicher, Alte ...?!

Hä?!

FFFFH

Gut.

Die Vorderseite ist so erst mal gut.

...

Man achtet oft eher auf seine Vorderseite, also konzentrier dich mal ganz bewusst auf deinen Rücken.

Stell dir vor, Nacken und Nabel würden zueinander gezogen werden.

Die Schultern noch etwas mehr öffnen ...

So.

Und jetzt lang machen. Und noch länger ...

»Mit spätestens zehn Jahren muss man die Ausbildung beginnen.«

Heißt das dann ...

... überhaupt ...

Und ...

?

... oder eine Singlebörse?!

Wa...

Was ist das hier? Ein Ballettstudio ...

... jetzt anfange ...

... wenn ich ...

... habe ich noch ...

... eine ...

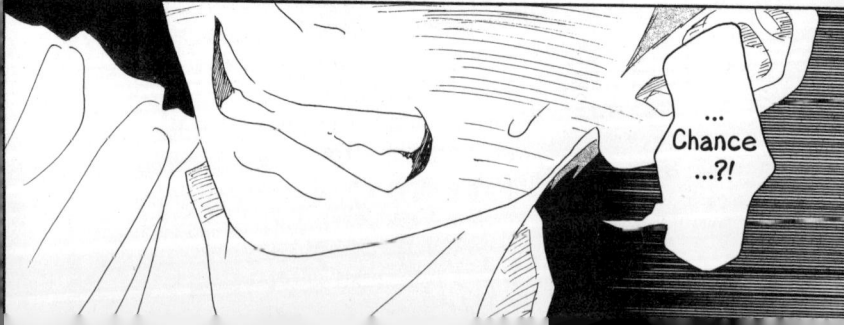

... Chance ...?!

Onkel Mioka hat fast geheult vor Rührung ...

Das habe ich am Jahrestag seines Todes so herausposaunt.

Grab der Familie Mirao

Ich will ein Stuntkoordinator werden wie Papa ...

Oder so ...

Das ist eben mein Gesicht ...!

Na gut! Ich werde dir alles beibringen, was ich weiß ...!

Ich liebe Jeet Kune Do einfach!

Womp

Aber nicht übermütig werden!

Bwa ha ha!

Bist ja gut drauf.

...

Das ist das Beste!

Das macht Spaß!

Bwa ha ha ...

... in mir?   ... fühle ich dann nicht dieses Knistern und Kribbeln ...   ... warum ...   Aber ...

Dance
Dance☆Danseur

Dance
Dance☆Danseur

Ich kann euch nicht hören!

Kein Wunder ...

Nukkun war seit diesem Video von ihm nicht mehr in der Schule.

Hör mal ...

...

...

... »Hey, wir haben dich heute noch gar nicht zum Heulen gebracht!«

Hyo-chan sagt Nukkun ständig ...

Weißt du ...

...

... wenn du da bist, reißt sich Hyo-chan etwas mehr zusammen.

Ach ja!

Unser Sommertrainings-camp ist am 20. und 21. August.

Was zur Hölle?

Bitte komm mit, ja?

Klar ...

Manchmal werd ich aus Hyo-chan nicht schlau ...

Sei froh, dass du in einer anderen Klasse bist.

Was soll der Scheiß?

Er scheint mir noch einiges nachzutragen ...

Junpei.

... kaputt-lachen ...

Und mich dabei ...

... würde ich das auch aufnehmen ...

An Hyo-chans Stelle ...

Uff ...

I...
Ich hab Fußball ...

Und danach geh ich oft mit Hyo-chan und den anderen noch zu Mäckes ...

Mioka hat mich ange-rufen ...

Warum kommst du dann in letzter Zeit ...

... immer so spät nach Hause?

Ach so?

Junpei ...

...

... und erzählt, dass du nicht beim Jeet Kune Do warst.

Ja ...

Du hast Mioka-kun gesagt, dass du ein Stuntkoordinator wie dein Vater werden möchtest, stimmt das?

Schon ...

Ver-stehe.

...

... dachte ich.

Wär doch cool ...

Du musst nicht denselben Beruf wie dein Vater ergreifen, hörst du?

Oh.

Ha ha ...

Das klingt ...

... mega ...

... cool ...!

Eine Band? Hmm ...

Ha ha ha!

Aus- länder, ha ...!

Hört ihr wieder eure Aus- länder?

Das hätte auch was.

... und cool bin ...

Solang ich männlich ...

... du müsstest bereit sein ...

... alles andere aufzugeben.

Schwanensee – Erste Hälfte

Doch der böse Zauberer **Rotbart**, der **Odette** verfluchte, bringt Prinz Siegfried mit einer List dazu, stattdessen seiner Tochter **Odile** die Liebe zu schwören …!

Von diesem Zauber kann sie nur derjenige erlösen, der ihr seine erste und ewige Liebe schwört.

Prinz Siegfried verliebt sich auf den ersten Blick in **Prinzessin Odette**, die in einen Schwan verwandelt wurde und nur nachts ihre menschliche Gestalt annehmen kann.

Ha ha, na, so in etwa.

So 'ne Art Jungfrauen-Superkraft?

Soll der Schwur der ersten Liebe irgendwie erotisch sein?

Ein Muttersöhnchen mit Ödipuskomplex.

Siegfried ist ein Vollidiot.

Sie hat sich schick gemacht. Warte …

Sonst geht die Vorführung ohne uns los!

Gehen wir!

Stimmt doch gar nicht …

»Aber du müsstest bereit sein, alles andere aufzugeben.«

...

Verlangt die Alte das von dir?

Ich will so viel Zeit wie möglich für Ballett haben!

... schreibt mir nichts vor.

Meine Mutter ...

Sie hat mich schon halb aufgegeben.

Miyakooo!

Was?

Kyah

Hallo, Miyako-chan!

Kyah

Ganz andere Sphäre

Champagner für ¥ 1.200

Oolongtee für ¥ 700

Ihr seid auch hier?

Aber ...

... irgend-wie ...

Oh, wie schön, bei Chizuru-sensei*! ♡

Die Alte heißt also Chizuru?

Meine Mutter hat bei Oikawa unterrichtet.

Mein Begleiter ist ein Schüler meiner Mutter.

»Begleiter«?! Örgs!

Na, egal.

Ach ...

Zweimal die Woche gehe ich dorthin.

Sie sind in meiner Klasse an der Haruka-Oikawa-Ballettschule.

*Anrede für Künstler*innen, Lehrkräfte und medizinisches Personal

Ah ...

Sorry ...

Das ist irgendwie eine ganz andere Welt.

Achz

Ich bin der Einzige hier in Jeans und T-Shirt.

So ist es mir auch lieber.

In Kürze beginnt der zweite Teil.

... wirkt er nicht gerade wie ein Ballett-tänzer.

Ding Dong ♪

...

Ballett
...

Viel-
leicht
...

Weiß
nicht.

... ist
öde.

... war
das ein
Fehler ...

Damm
Dadamm Pam
Pam Pam
Paaah

Tschack

7.
Akt

Hi
hi
...

Naturwissenschaften
SCIENCE

Hi hi.

Musste
nur an was
denken
...

Ach,
nichts.

Was ist
denn?

... dich
gerade
angesehen
und gelä-
chelt?

Hat
Godai
...

...

Sie
ist ja
echt
süß.
Verkup-
pel mich
mal mit
ihr.

... nur
einge-
bildet!

Quatsch ...

Hast
du dir
...

171

Das Mädel ist doch voll öde, genau wie ihre ganze Clique.

Ernsthaft, was willst du mit der?

Ach ja ...?

Was will er damit sagen?

Spinnst du? Ich kenn sie doch kaum!

Bwa ha ha!

...

Hä?!

... mit dem *Neuen* in unserer Klasse zusammen, diesem Schulverweigerer?

Hey ...

... wohnt sie nicht ...

Ähm, Luo ...

... Mori!

Ach ja, sie sind Cousins, oder?

Wie heißt er noch mal? Der Name klang so komisch.

*Verbeugung

BALLETTSTUDIO
GODAI

Seht eurem Tanzpartner in die Augen.

Révérence*!

Mit Gefühl, bitte.

Haltet Blickkontakt ...

... und reicht euch die Hände.

Hi hi hi

Na...

...nu?

Vergiss es! Ich pack das nicht!

Genier dich nicht so!

Du bist ja kleiner als Miyako?!

Hä?!

Was willst du denn jetzt?

Wie groß sind deine Eltern?

Wenn du im Ausland den Prinzen tanzen willst, solltest du schon um die 1,80 groß sein ...

NO!!!!

Das habe ich bei deinem großspurigen Auftreten gar nicht gemerkt!!!

Was soll das denn?

Ich dachte, für mich ist es sowieso schon zu spät, noch damit anzufangen.

Doing ぐっ

Etwas größer

Ich dachte nur ...

Na ja, das ...

Aus dem Nichts!

... neulich hast du einfach so versucht, mich zu heben.

... als Prinz sollte ich das können.

Manno, ich wollte sie heben!

Das lässt du also erst mal schön bleiben.

... sind für einen Körper in der Entwicklung eine zu große Belastung. Und die erforderliche Muskulatur würde dein Wachstum hemmen.

Hohe Hebefiguren ...

...

Diese Posen kommen häufig in *Schwanensee* vor.

Wir üben erst mal Attitude, Penché und Promenade*.

Na.

Versuchen wir es mal.

... ein Zauberspruch oder so?

War das ...

Pomade?

...

Atitüte?

Punch?

*Attitude: Bei der Pose steht der Tänzer auf einem Bein und hebt das andere mit gebeugtem Knie nach vorn, zur Seite oder nach hinten.
Penché: Ein Bein wird gehoben, der Oberkörper in die entgegengesetzte Richtung geneigt.
Promenade: Der Tänzer dreht sich in einer bestimmten Pose, ohne das Standbein vom Boden zu lösen.

192

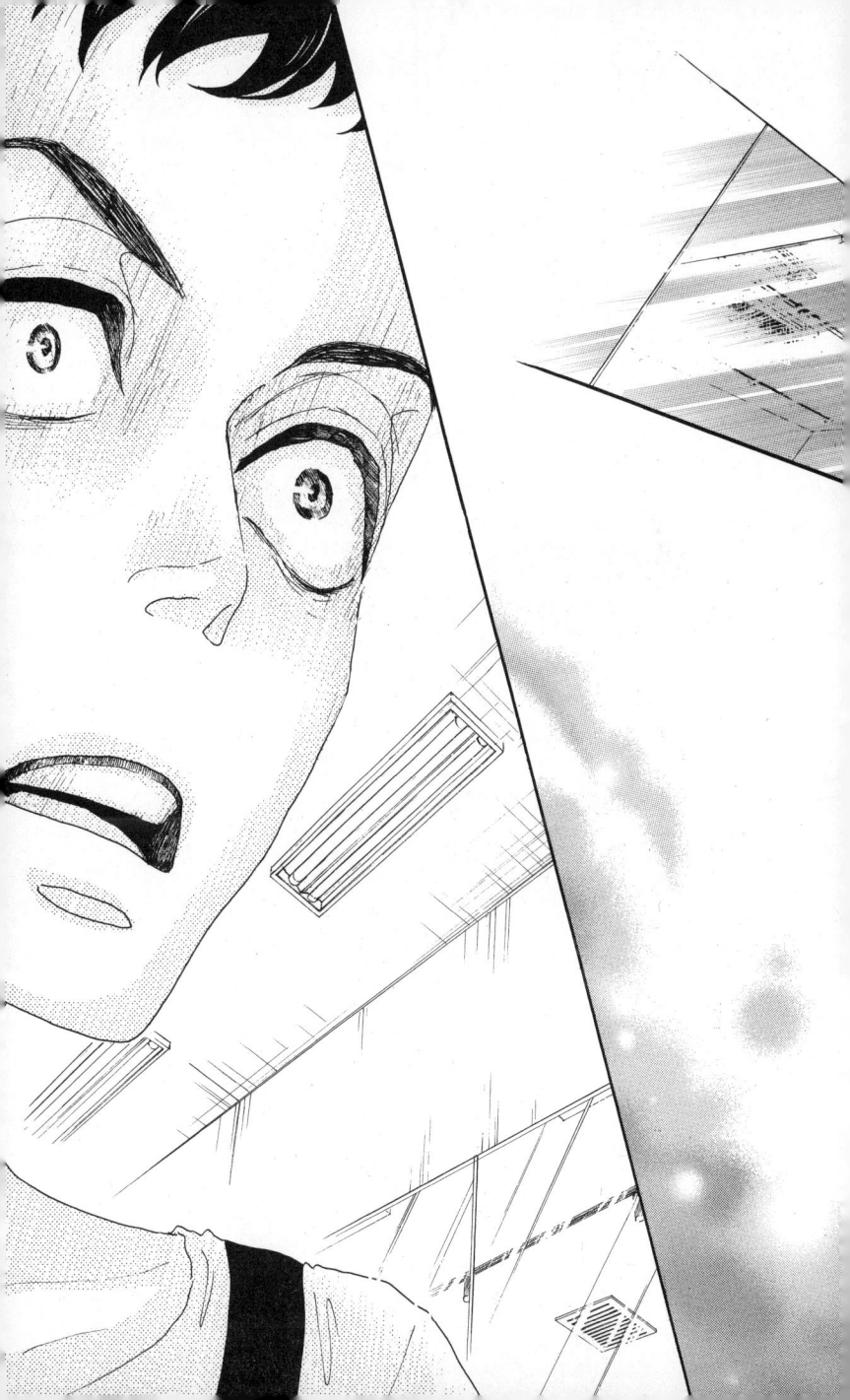

Dance
Dance☆Danseur

Dance
Dance☆
Danseur

9. Akt

Mal ehrlich.

Dieser...

Bin ich nicht offensichtlich ein viel besserer Prinz als der da?

...

Frau Godai hat's entschieden. Damit steht's fest. Siehste!

Ich will den Lümmel hier auch nicht Rotbart tanzen lassen.

FWUP

Gut, Junpei und Miyako, jetzt versucht ihr beide es mal.

Deswegen bin ich der Prinz, oder?!

Ich kapier's nicht so richtig ...

Ätsch!

... aber ich schätze mal, ich bin einfach besser als er.

...der Prinz!

Ich bin ...

Starr...

Bist du aus Gummi?

Ich ...

...

Die Finger nicht wegstrecken, leg deine Hände um sie ...

Poch
Poch
Poch

210

Ob an der Stan-ge ...

... oder in der Mitte ...

Während-dessen ich so

Den Fuß wieder in die fünfte Position!

Gewicht auf das Standbein verlagern!

Der andere Fuß bleibt am Boden!

Mit den Zehenspit-zen den Boden streifen!

Das kann doch niemand auf Anhieb!

Meinst du das Pas de deux?

Das wird schon!

...

... dass ich so schlecht bin.

Tut mir leid ...

Ah.

Also ...

Wohnst du in der Richtung?

War anstrengend heute, nicht wahr?

Hi hi.

Will sie etwa mitkommen?!

...

... bestimmt schon von klein auf Ballett, oder?

Er macht ...

Was?!

Aber er hat gesagt, dass er mit Ballett aufhören will ...

Er hatte eine sehr strenge Lehrerin.

...

Ja.

215

10.
Akt

Warum kommst du nicht mehr ins Studio?

Hä ...?

224

Murao

Swisch

Swisch

229

Wooow!

Wie viele die haben!

Na, komm schon.

Moment ... Hier wolltest du rein?!

Musikinstrumente Nishiki

Warte, ich bin noch nicht bereit!

Und der Typ da spielt krass gut!

Nein, wir können ni...

Was?!

Dürfen wir?!

Und wenn wir die unteren beiden Saiten gegen Gitarrensaiten tauschen würden ...?

Das funktioniert nicht.

Woaaa!

Wollt ihr mal spielen?

Oh!

Hyo-chan!

Ist das nicht der Bass, den Mike von Royal Blood spielt?!

*erste Single von The Roosters aus dem Jahr 1980

**Sänger von The Roosters

234

Weißt du ...

Wir können doch nicht mal Instrumente spielen!

Bwa ha ha

Was laberst du?

Bwa ha

Irgendwie ...

... war das voll krass.

... als du zugestimmt hast, mit mir eine Band zu gründen ...

Auch das Jeet Kune Do ...

... schlug mir vor Aufregung ...

... das Herz bis zum Hals.

...

»Mach deiner Mutter keine Sorgen.«

Wann hab ich zugestimmt?

Hm ...?

I started playing basketball when I was five. I like practices because my friends are on my team, too. It is fun for me to play basketball with my friends.

Bla Bla

Bla

Du hast eine bessere Aussprache als ich!

Tuschel

Na, so was!

... dass du im Ausland aufgewachsen bist, Mori-kun?

Kann's sein ...

Frage!

Da ist er ...

... stolz drauf, was?

kicher

Ha ha ha

Du konntest doch auch keine Kanji lesen.

...

Hallo, ich rede mit dir?!

Hä?

Hey ...!

...

Puh ...

Zack

2-2

2-1

2-2

Ding
Dong

Dang.

Er ist jetzt schon ein paar Tage in der Schule ...

Was macht er da?

In seinen Augen habe ich sowieso nie Ballett getanzt ...

Na ja ...

Aber bisher ist die Ballett-sache nicht aufgeflogen ...

Pah

Verbannung! Verbannung!

?!

Pack

Ah!

Tapp Tapp

Hyo-chan ...

Ha ha ha ? ???

Motherfucker!

Fuck, fuck!

... wirkte er ...

... viel selbstsicherer ...

Als ich ihn im Studio gesehen habe ...

... einer Bewegung seines Arms ...

Mit nur ...

...

... erzählt er eine Geschichte ...

... wenn man von klein auf lernt ...

Grmpf.

Das ist der Unterschied ...

Sieht aus wie der Obon-Tanz*

...

... wenn ich alles andere aufgebe ...?

Kann ich so gut wie er werden ...

...

»Aber du müsstest bereit sein, alles andere aufzugeben.«

...

Ich will sie nicht enttäuschen.

Ich werde sie nicht einfach aufgeben.

Meine Freunde und mein Meister sind mir wichtig.

Wir sind nicht aus demselben Holz geschnitzt ...

So ein Scheiß!

Ich kann sie nicht hängen lassen.

Nein ...

Murao

...

Fwah

Goggles

流鶯*

Web | Bilder | News | Shopping | Videos

流鶯*

Goggles

Schubs mich nicht! Jetzt bin ich versehentlich auf Suchen gegangen.

Hä, nicht Lerche?

Gib mal her!

Hey!

*Luos Name in Kanji-Schreibweise

!

Was?

Das heißt »Hure« auf Chinesisch?!

Hä?!

Die Bildersuche spuckt lauter sexy Weiber aus ...

Oh Mann ... Jetzt tut er mir fast leid!

Bwa ha ha

Die sind wohl genauso dumm wie er!

Gröl

Seine Eltern haben ihm bestimmt einen ausgefallenen Namen gegeben, ohne die Bedeutung zu kennen!

Ha ha ha ha ha

Wa...?!

Die taucht immer wieder zwischen den ganzen Porno-bildern auf ...

Hm?

Wer ist denn diese Schauspielerin ...?

Hm?

...

254

Tschock

SURVIVOR Bericht

Das Ausnahmetalent
Die schockierende Vergangenheit von Mazuru Mori!

Mazuru Mori

In Tokyo geboren, wurde sie schon im zweiten Jahr der Mittelschule von einem Talentscout entdeckt. Im darauffolgenden Jahr erschien ihre Debütsingle.

Als Halb-Russin hat sie für Leute hierzulande ungewöhnlich lange Beine und wird deswegen auch »Elfe« genannt.

Im Alter von 19 Jahren hatte sie eine skandalöse Affäre mit dem 16 Jahre älteren Schauspieler Toramichi Ezaki, deren Enthüllung die Unterhaltungsbranche erschütterte.

Ezaki wurde später wegen Verbindungen zur Mafia verhaftet.

⇧ **Zu ihrer Zeit als Idol – ein Engel!**

In der gesamten Presse wurde berichtet, dass auch Mori auf Fotos zu sehen war, die Ezakis Beziehungen zur Unterwelt belegten.

⇩ **Zwanzig Jahre später ... (TT)**

Damit war ihr unschuldiges Image einer reinen Elfe ruiniert.

Später wurde eine Sch... skandalbehafteten... es Kindes publik. Der... t. Der Name des Kind...

Später wurde eine Schwa... skandalbehafteten Idols und die Gebur... Kindes publik. Der Kindesvater ist unbeka... Der Name des Kindes lautet Luo Mori.

Mazuru ...

... Mori.

Ah.

... wie die junge Mazuru Mori aus!!!

Woaaah

Er sieht eins zu eins ...

Nach einigen Jahren im Ausland feierte sie in Amerika ihr Comeback als Schauspielerin. Sie war schon schwanger, als sie einen wohlhabenden Mann heiratete. Ein DNS-Test deckte jedoch auf, dass dieser nicht der Vater des Kindes war. Kein Jahr später wurde die Ehe geschieden.

Würd
eigent-
lich gern
wieder
tanzen ...

...

BALLETTSTUDIO GODAI

!

Miyako
spricht
mich auch
gar nicht
mehr
darauf
an, dass
ich nicht
mehr zum
Ballett
gehe.

Sie haben Luo ...

Versteh schon ...

Alles klar ...

...

Wir sind doch schon Freunde.

Luo-kun macht jetzt mit! ♬

Fußballklub

...

Haste gehört?

Er hat nur eine berühmte Mutter ...

... ist doch voll öde, der sagt nicht mal was.

Der Typ ...

Dinge, die dir wichtiger sind als Ballett ...

Sie hat recht!

Das ist einfach unvereinbar.

Swisch

Swisch

Swisch

Echt total scheiß-egal ...

Er tat mir ja irgendwie leid, aber das ist mir jetzt auch egal.

So ein Lappen!

Fwusch

Cool sein ...
Männlich
sein ...

Was
heißt das
überhaupt?

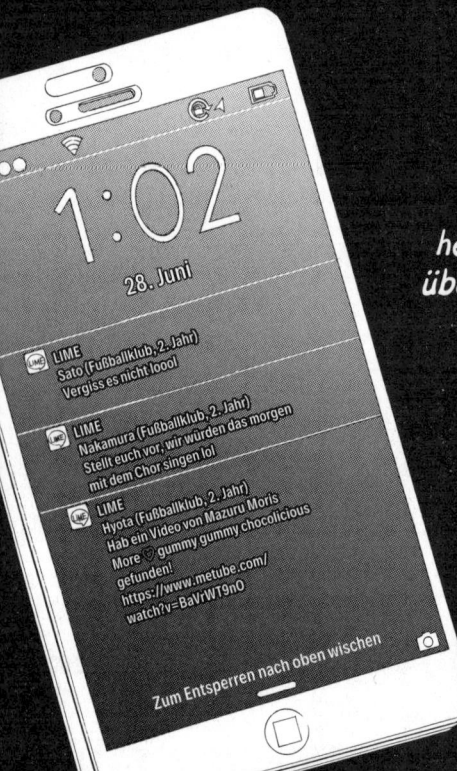

Dance
Dance☆Danseur

13.
Akt

14. Akt

Wow.

Oh ...

Wie lange will der sich noch drehen?!
Murmel
Murmel
Murmel
Echt ... krass ...
Was wird das ...?

Oder, Junpei ...?

Was?

Findet
ihr nicht
...

...

... vorhin
echt beein-
druckend
war?

... dass
er ...

Swupp

Ich
kann ihn
zwar nicht
leiden ...

Wapp

... aber
wenn ihr ihn
verarscht ...

Sst

... ist
das irgend-
wie ...

...?

klack

BALLETTSTUDIO
GODAI

Nanu?

Ich meine ...

Warte, Alte ...

Frau Lehrerin ...!

Ich rufe besser die Polizei!

Wer mag das sein?

»... ich sollte das mitnehmen ...«

»Meine Mutter meinte ...«

»Warum nicht?«

»Ballett?«

»...«

»Ich glaube ...«

»Hab dich in der Nacht rumoren gehört. Ich dachte, du würdest Jeet Kune Do üben, ha ha!«

»Ich weiß schon Bescheid. Deine Schwester hat es mir erzählt.«

»... dein Vater wäre glücklich, dass du dir acht Jahre lang Gedanken darüber gemacht hast.«

»...«

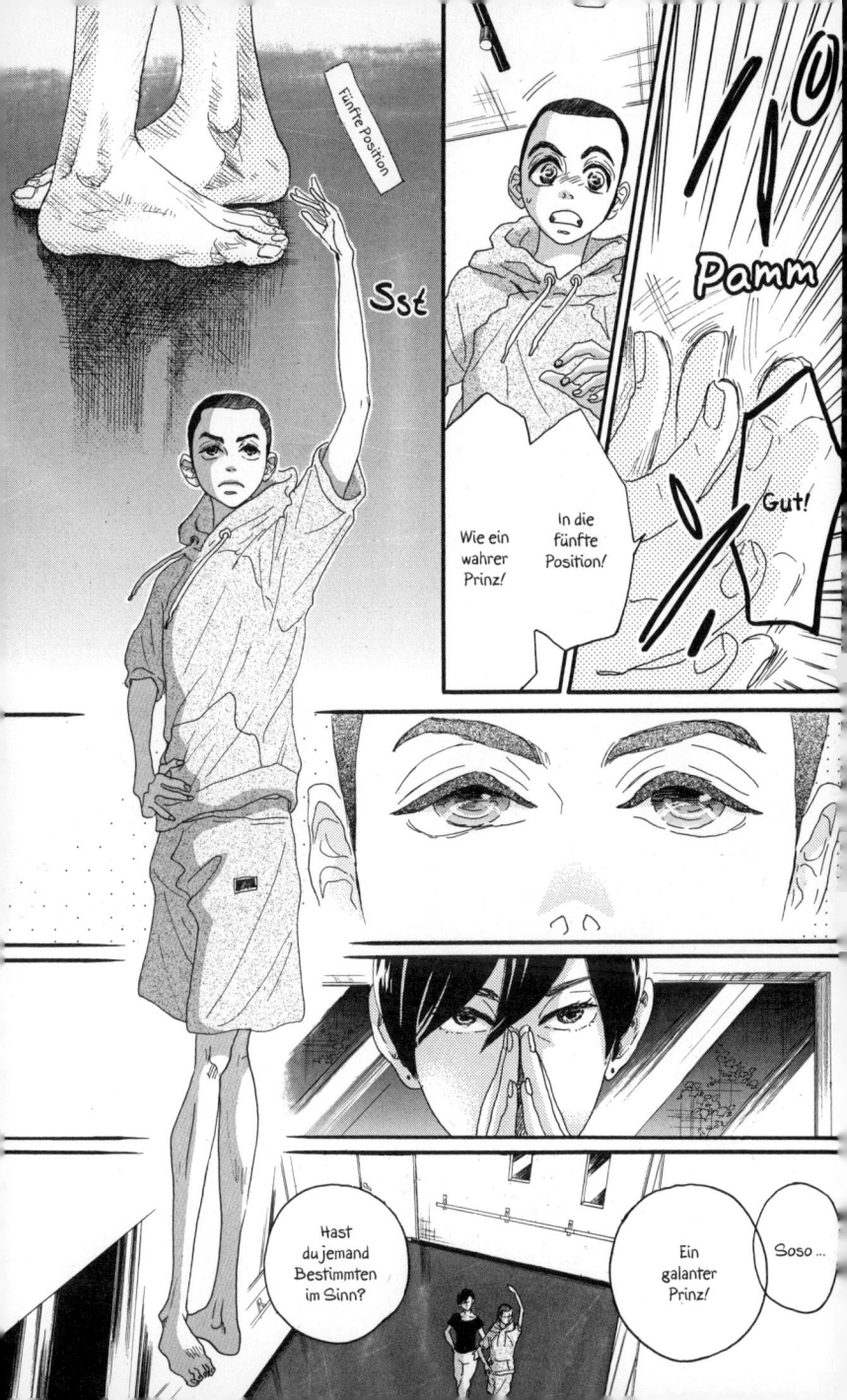

... warum Luo so versessen auf den Prinzen ist.

Ich kapier nicht ...

Nur meine Meinung.

...

Dämon

Ich wäre lieber Rotbart!

... bin ich nicht wild darauf, der Prinz zu sein, schon gar nicht mit der Frisur.

Die meisten würden wohl eher einen Tänzer nennen!

Ha ha ha!

...

Ehrlich gesagt ...

Char ...

Ach, dieser Prinz aus Mobile Suit Gundam ...

Pack

!

»Danseur noble« ...

... ist der Titel des Tänzers mit der Befähigung, die Rolle des Prinzen zu tanzen.

...

Die Rolle des Prinzen ...

... ist ein Höhepunkt der Tänzerkarriere.

Swupp

Den Prinzen zu tanzen, erfordert ...

... Eleganz ...

Dreh

Pack

... Aussehen ...

... und die Unterstützung der Tanzpartnerin.

... Charisma ...

... Schauspieltalent ...

... Musikalität ...

... Technik ...

Auch mit noch so viel Fleiß und Mühe kann man diese Talente nicht ersetzen.

Nur, wer all diese Eigenschaften vereint, kann den Prinzen darstellen.

Ach so ...?

Dann ...

... werde ich das tun.

...

Was?

Ich meine ...

Ich werde
dort der erste
japanische
Danseur noble
werden.

Bwa ha ha ha!

Danseur noble: Tänzer mit der Befähigung für die Rolle des Prinzen

Mit deinem geschorenen Schädel!

Ha ha ha!

Hey! Ich mein das ernst!

Zunächst mal ist das russische Ballett weltberühmt.

Hör mir gut zu.

АКАДЕМИЯ РУССКОГО БАЛЕТА ИМЕНИ А. Я. ВАГАНОВОЙ

Jetzt bleib mal auf dem Teppich!

Von Tausenden, die sich bei der renommierten Waganowa-Ballettakademie bewerben, werden nur etwa dreißig Jungen angenommen.

Und nur ein Bruchteil der Absolventen schafft es in das Mariinski- oder Bolschoi-Ballett, die nicht nur in Russland, sondern auch weltweit zu den berühmtesten Ensembles gehören.

Durch jährliche Prüfungen wird die Zahl der Studenten weiter ausgesiebt. Mehr als die Hälfte scheidet noch vor dem Abschluss nach achtjähriger Ausbildung aus.

Du hast gerade mal vor einem Monat mit Ballett begonnen. Mach dich nicht lächerlich!

...

Es gibt bislang nur zwei Japaner, denen der Beitritt in diese beiden Ballettkompanien gelungen ist. Aber keiner von ihnen konnte zum Danseur noble aufsteigen.

Aber
...

...

... es ist schon verrückt ...

Als ich dich zum ersten Mal hier hab tanzen sehen ...

Deine körperliche Leistungsfähigkeit ist zwar sicher auch Veranlagung ...

Aber das äußere Erscheinungsbild spielt im Ballett eine große Rolle.

Das sind doch nur Äußerlichkeiten.

Sorgen bereitet mir lediglich deine Größe ...

--- Flexibilität des Rückens ---

--- Sehnenlängen etc.

Zum Beispiel muss die Beinlänge mehr als fünfzig Prozent der Körpergröße ausmachen.

Was ich gerade genannt habe, ist ein Teil der Kriterien bei der Aufnahmeprüfung für die Waganowa-Ballett-akademie.

--- Muskulosität ---

--- Außerdem ... --- Bewegungsumfang ---

Wer nicht die richtige Figur für Ballett hat, scheidet gleich aus.

Fwupp

Da mach dir ...

Tapp

... mal keinen Kopf!

Mein Vater war groß.

Okay, Mama ist normal groß

... aber deine starke Rumpfmuskulatur und Sprungkraft hast du vermutlich dem Jeet Kune Do zu verdanken.

Oooh!

Streichel

Streichel

♪n

Streichel

Streichel

Fühlt sich ziemlich gut an ...

Wi...

... an- fassen?

Willst du mal meinen Kopf ...

Streichel

Ballett ist ...

...

Streichel

♪

... super!!!

...

Lächerlich ...

345

Junpei, du machst an der Stange weiter.

Hä?!

Miyako, nach den Übungen an der Stange machst du dich an die Schwanenseechoreografie.

Gut.

Also dann.

Ich habe doch schon gestern, vorgestern und davor die ganze Zeit auch an der Stange geübt!

Schon wieder ...?!

BALLETTSTUDIO GODAI

...

Bis zur Aufführung sind es keine zwei Monate mehr!

Auf der Bühne gibt's doch wohl auch keine Stange!

Erst mal musst du die Übungen an der Stange beherrschen.

Tadah!

... schon auswendig gelernt!

Außerdem habe ich die Choreografie des Prinzen ...

...

346

Stille

... oder, Luo-kun?

...

Du hast nichts zu Abend gegessen ...

Klopf!

Klopf!

五代 GODAI

...

knurps

knurps

Hasst fettige Finger

Chips

Du stopfst dich doch wieder mit irgendwelchen Snacks voll!

Du hast eine Postkarte von deiner Großmutter bekommen.

Ach ja ...

Was ist mit unserem Deal?!

Pack

Wink

Wink

Klack

Tokyo, Bezirk Suginami

Luo Mori
c/o Familie Godai

Residenz Hinemosu

Kozurus Bild soll diese Woche eine
Tänzerin im Tutu darstellen.
Viele Grüße von der
Pflegekraft

Luo.

Es war dein Wunsch ...

Dafür wolltest du an einem Wettbewerb im Ausland teilnehmen, um ein Stipendium zu erhalten.

... weiter Ballett zu tanzen und nicht bei mir, sondern von einer berühmten Lehrkraft an einer renommierten Schule im Ausland unterrichtet zu werden.

Im Gegenzug dafür, dass ich alles mit dem Wettbewerb in die Wege leite, war meine Bedingung ...

Oder irre ich mich?

...

...

... dass du zur Schule gehst ...

... und ...

... beim Tanzfestival den MVP-Titel dieses Jahres holst.

...

Der Schlüssel fürs Studio?

Gähn

...

Hm?

Hm? Hier ist er auch nicht ...

Klack

Er müsste im Briefkasten sein ...

Ist jemand länger geblieben?

Schüttel

Liegt der nicht beim Spiegel ...?

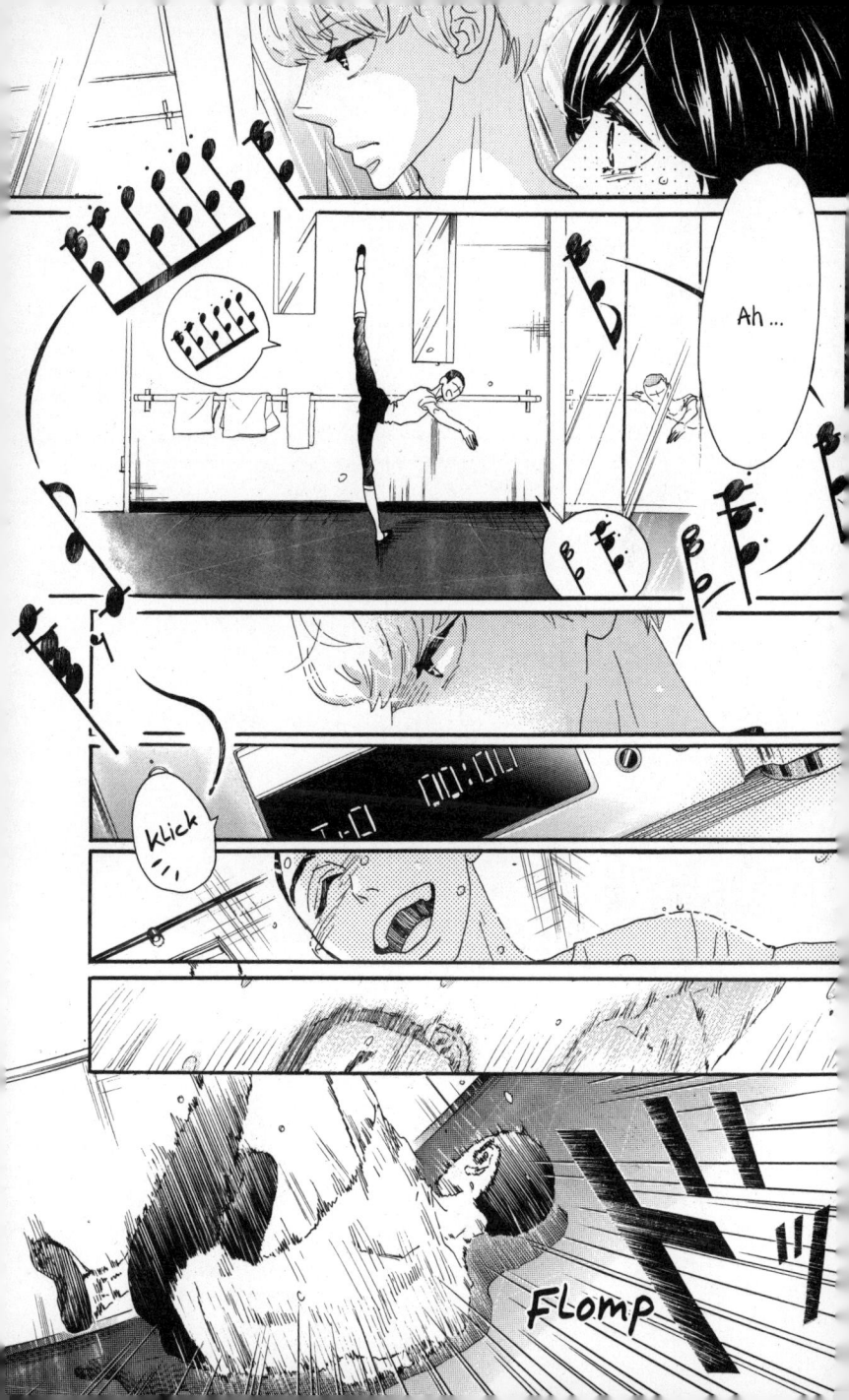

Hallo! Bin gerade auf dem Sprung.

Oh!

Murao

Meine Lehrerin liegt mir in den Ohren, dass ich von 22 bis 2 Uhr unbedingt schlafen muss. In der Zeit bin ich hier.

Denk an die Hormone!

Hab mich schon gewundert, warum ich morgens immer nur noch einen Haufen Wäsche von dir vorfinde.

Nanu, so früh gehst du aus dem Haus?

Aber meinst du nicht, dass du ihnen zur Last fällst?

Ich mache mir keine Sorgen um dich.

Du hast mich schon als Kind wahnsinnig damit gemacht, dass du so ein schlechter Schläfer warst.

Wie beim Fuji Rock.

Nur weil Sommerferien sind, musst du es aber nicht übertreiben, ja?

Solang Musik läuft, bin ich gar nicht müde.

Hm? Das geht schon.

18. Akt

Ich kann doch auch allein üben!

Bin ich ...

Référence

Damit du dir wieder neue Fehler angewöhnst?!

BALLETTSTUDIO GODAI

Bist du gealtert ...?

Mama ...

!

Na schön.

Ich denke, wir können es langsam mit dem Pas de deux versuchen.

Von Melancholie erfasst kommst du zum See, um Schwäne zu jagen ...

Gut! Die Musik spielt!

Ich hab die Choreografie schon gelernt!

Juhu! Endlich!

...

Ich habe zugesehen, wie du sie mit Miyako geprobt hast!

...

Bin dabei!

Wir haben sie an dein Niveau angepasst.

Dann ...

... lass es ...

... uns mal versuchen.

Schwupp

Sieh an.

Du kennst die Choreografie wirklich schon.

Na ja ...

Dein Schauspiel war auch sehr gut!

Klatsch

Gut!

Es war auch nicht wirklich gespielt ...

Miyako.

Ich ...

... war nur überrascht ...

Wie du vor dem ungestümen Prinzen zurückgewichen bist, hat schön deine Unschuld betont.

Falsche Handhaltung

Knie zu schlaff

Et cetera, et cetera ...

Allerdings ...

... hast du dich zu sehr aufs Schauspiel konzentriert und die Grundlagen vernachlässigt!

Ich bin doch nicht zurückgewichen ...

...

Och ...

Schwanensee – Zweite Hälfte

Die anderen Schwäne wollen sie aufhalten, aber sie verzeiht dem Prinzen. Dann entfesselt Rotbart ein Unwetter und versucht, den Prinzen zu töten ...!!!

Wegen der Täuschung durch den bösen Zauberer **Rotbart** hat **Prinz Siegfried** seinen Schwur gegenüber **Prinzessin Odette** gebrochen und eilt zum See, um sie um Verzeihung zu bitten.

19. Akt

Schweb

Der Prinz folgt ihr in den Tod und durch die Macht ihrer Liebe (?!) stirbt Rotbart ... (Der war doch gerade noch putzmunter?)

Wah

Da ...

... Odette sich nicht in ihre menschliche Gestalt zurückverwandeln kann, will sie sterben. (Boah, düster!)

Ende. Klatsch, klatsch ...

Die Liebenden sind im Jenseits glücklich vereint ...

Häää?!

Und wir tanzen eine Inszenierung, die sich Mama ausgedacht hat, deswegen ist sie anders als bei der anderen Klasse ...

Das meine ich doch gar nicht!

Jun-pei!

Schwanensee hat verschiedene Enden.

Pssst

Psssst!!!

Die Geschichte ist total öde!!!

Hey!

Und Hände weg vom Vorhang!

Sei leise während der Probe!

19. Akt

Zeno Sugina

Drei Wochen später

79. Tanzfestival
21. August

Tag des Tanzfestivals, Generalprobe

Heutige Aufführung

Ausgerechnet die Klasse direkt vor uns führt das gleiche Stück auf ...

Teil 3

Ballettstudio Takara: Schwanensee, 4. Akt

Ballettstudio Godai: Schwanensee, 2. & 4. Akt (Auszüg

Ballettstudio Ayako: Die Flamme von Paris, (Variatio

Coppelia (Variation)

An dieser Stelle bitte das Licht dimmen!

So ein Pech.

Eye-liner

Als Nächstes bitte ich die Klasse vom Ballettstudio Godai auf die Bühne.

Ich fühl mich wie bei 'ner Schulaufführung ...

Uff ...

Danke für Ihre Geduld.

Junpei, hör auf zu trampeln!

Am Ende von Schwanensee, das wir aufführen ...

... kommt der Prinz gerade zum See gerannt ...

Stampf

Stampf

Stampf

Jun-pei!

Swipp

Ist ja gut!

Denk an die Grundlagen!

389

Beim Nach-schmin-ken

Ist das nicht die reinste Folter für das Publikum?

Als wäre die Geschichte nicht schon öde genug ...

Sobald ich auftrete, wird das Ganze doch zu einer Schulaufführung.

Die Handlungen ergeben beim Ballett häufig nicht allzu viel Sinn, nicht nur beim *Schwanensee*.

Was ist so lustig?

Ha ha ...

Publikum, hm?

... die das Stück interessant macht.

Es ist die Verkörperung der Charaktere durch die Tänzer ...

Deshalb ist jede Aufführung von *Schwanensee* schon allein durch die Anzahl der Tänzer, die Inszenierung und die Kombination dieser beiden Elemente jedes Mal ein wenig anders.

...

Da es eine Liveaufführung ist, könnte man sogar sagen, dass selbst dieselbe Besetzung unter denselben Bedingungen nie zweimal exakt dasselbe Stück aufführen wird!

... und absolut undiskutabel!

Das wäre schlimmer als eine Schulaufführung ...

Du kannst deine Rolle noch so gut spielen, wenn du in deinem Alter bei den Grundlagen schluderst, fällt das auf und verdirbt alles.

... so weit bist du noch längst nicht!

Aber ...

Okay, okay!

So, dann kommt mal alle her und stellt euch für das Gruppenfoto auf!

Ho ho ho!

Viele Tänzer wünschen sich später, sie hätten in jungen Jahren nicht ständig geschwänzt und stattdessen ordentlich geübt!

Ich gebe ... mein Bestes ...

Die Mütter der Kinder

Und du isst auch nichts! Ihr ruiniert mir die Schminke!

Er sieht wirklich toll aus in seinem Kostüm!

Kyah

Hier!

Kyah

Strecker Zeug

Huch

Ihr da, Rotbart wird nicht gefüttert!

394

»Ich liebe dich« ...

... hört man ...

... sie fast flüstern, nicht wahr?

Hach   Hach

Junpei-kun ist ganz anders als noch in der Generalprobe. Wie verwandelt!

Dachte ich auch gerade!

kyah

kyah

...

Ach, meint ihr?

Die Grundlagen, auf die ihn seine Lehrerin noch hingewiesen hat, sind schlampig ausgeführt und eine Beleidigung fürs Auge!

Swusch

So kennen wir Julia-chans Mutter! Sie haben selbst mal Ballett getanzt, nicht wahr?

Kenner müssen bei dem Anblick denken, dass es ein miserables Ballettstudio ist.

... nur ihn an!

Seht euch im Vergleich ...

...

... war
das erste
Mal.«

Meine ...

Supervision Vol. 1-2

Sayako ABE (On-Pointe)

Mitwirkende Vol. 2

The Tokyo Ballet

The Tokyo Ballet School

Tomohide MIYAJI (Star Dancers Ballet)

Yamato KATO (Star Dancers Ballet)

Emi HARIYAMA

Ones Ballet Studio

Jeet kune Do-Trainingsraum Tiny Dragon

Und weitere

Besondere Mitwirkung Vol. 2

Studio all in one TAKANE

Dance
Dance☆Danseur

TOKYOPOP GmbH
Hamburg

TOKYOPOP
1. Auflage, 2023
Deutsche Ausgabe/German Edition
© TOKYOPOP GmbH, Hamburg 2023
Aus dem Japanischen von Miryll Ihrens

DANCE DANCE DANSEUR Vol. 1-2
by George ASAKURA
© 2016 George ASAKURA
All rights reserved.
Original Japanese edition published by SHOGAKUKAN.
German translation rights in Germany, Austria, Liechtenstein
and German speaking areas in Switzerland, Belgium,
Italy and Luxembourg arranged with SHOGAKUKAN.

Original Cover Design: Mitsuru KOBAYASHI (GENIALÒIDE, INC.)

Redaktion: Natalie Tonak
Lettering: Vibrant Publishing Studio
Herstellung: Alina Kronenberg
Druck und buchbinderische Verarbeitung:
CPI–Clausen & Bosse GmbH, Leck
Printed in Germany

Wir achten auf die Umwelt.
Dieses Produkt besteht aus FSC®-zertifizierten
und anderen kontrollierten Materialien.

ISBN 978-3-8420-8407-0

KOMI CAN'T COMMUNICATE

Tomohito Oda

Komi hat Kommunikationsprobleme ...

... denn sobald sie jemand anspricht, bekommt sie keinen Ton heraus! Alle halten ihre stille Art für kühle Eleganz, dabei wünscht sie sich nichts mehr, als Freunde zu finden. Zum Glück hilft Komis neuer Mitschüler Tadano ihr dabei, dieses Ziel zu erreichen. Doch es gibt noch ein viel größeres Problem: Ihre Klasse besteht aus Exzentrikern und Querköpfen, die es den beiden alles andere als leicht machen ...

www.tokyopop.de

STOPP!

**Dies ist die letzte Seite des Buches!
Du willst dir doch nicht den Spaß verderben
und das Ende zuerst lesen, oder?**

Um die Geschichte unverfälscht und original-
getreu mitverfolgen zu können, musst du es
wie die Japaner machen und von rechts nach
links lesen. Deshalb schnell das Buch um-
drehen und loslegen!

So geht's:

Wenn dies das erste Mal sein
sollte, dass du einen Manga
in den Händen hältst, kann dir
die Grafik helfen, dich zurecht-
zufinden: Fang einfach oben
rechts an zu lesen und arbeite
dich nach unten links vor.
Viel Spaß dabei wünscht dir
TOKYOPOP®!